KB188385

주머니 기쁨

이종수 / 세번째시집

당진문화재단
Dangjin Cultural Foundation

새미

시인의 말

아침에 눈을 뜨면 새소리 물소리 바람 소리가
정겹게 들려오고, 상쾌하고 기분 좋은 풀 냄새가
물씬 풍기는 아담하고 작은 산골 마을, 뒤로는
예쁜 산이 병풍처럼 펼쳐져 있고 앞에는 작은 시냇물이
소리 없이 흐르는 아늑하고 아름다운 곳
봄이면 진달래꽃이 온 산을 붉게 물들이고
여름이면 상수리나무가 커다란 잎으로
더위에 지친 꾀꼬리에게 그늘도 내어주지요

가을이면 오색 단풍으로 화려하고
겨울이면 하얀 눈이 커다란 소나무를 뒤덮어
멋지고 아름다운 설경을 만들기도 합니다
계절마다 다른 무늬를 연출하는 석양은
시인도 표현하기 어려울 정도로 아름답고
가끔은 산자락의 자태를 완전히 삼켜버리는
뿌연 안개는 황홀한 감탄을 자아내기도 하지요
이렇게 아름다운 고향의 정기를 받고 태어난
소년이 있었으니 그가 오늘의 시인입니다

집안 화단에는 항상 예쁜 꽃들이 피어나
아름다운 사계와 꽃을 보고 자란 소년은
때로는 호기심이 과하게 발동하여
커다란 말썽으로 이어지기도 했지만
언제나 꽃과 함께 곱고 예쁜 심성을 품고 자란 소년이
어른이 되고 아버지가 되고 시인이 되어
고향과 농촌을 배경으로 자연에 대한 시를 짓고 있습니다

방송이나 신문 인터뷰를 통해서도 시골을 배경으로 자연 친화적인 시를 짓겠다고 늘 말해왔듯이 앞으로도 지속해서 농촌 시골 자연에 관한 시를 써나갈 것이며 『주머니 행복』 『주머니 사랑』에 이어 미력하나마 세 번째 시집 『주머니 기쁨』을 발간합니다.
    앞으로 주머니 시리즈의 시집은 계속될 것이며 시를 통해 세상이 밝아지고 많은 분이 행복해졌으면 참 좋겠습니다

2024. 10.
시인 이종수

목 차

3부_꽃, 임

4부_사랑

5부_고향 친구

6부_행복 외

□ 평론

제1부

계 절

봄 풍경

길을 걷다가 걷다가
바람에 떨어져
흩날리는 꽃잎

우두커니
바라보고 서 있다

흰머리 날리며 날리며
복사꽃에 취해
봄 향기에 취해

빠알간 봄 소리
바라보고 서 있다

경칩

잠자는 개구리 앞세우고
산 넘고 물 건너온 계절이
아직은 추위에 아린
경칩의 문을 열어젖힌다

겨울 동안 묻어두었던
설레는 마음
주저리주저리 꺼내놓고

햇볕 좋은 언덕 아래
옹기종기 둘러앉은
물오른 버들강아지
흔들흔들 봄바람에 신났다

둥근 절기의 거울에 비친
경칩의 살가운 얼굴이
얼음장 사르르 녹이며
웃음으로 해님을 맞는다

봄비 오는 소리

추녀 끝에 매달려
봄 마중 나선
빗방울 소리에
언 마음 사르르 녹아내리고

찬바람 헤치고
살금살금 내려오는 봄비가
겨울잠에 곤한
봄나물 깨운다

들릴 듯 말 듯 봄비 소리
떠나가는 계절이
가던 길 멈추고 뒤돌아서서
슬픈 미소로 눈물 보이면

애타게 기다리던 그리운 얼굴
봄비 오는 소리에
아름다운 봄꽃으로
곱고 예쁘게 피어난다

봄나들이

차가운 겨울 한파 속에
꼭꼭 숨어 있던
달래 냉이 씀바귀

까칠한 봄기운에
들키고 말았어요

봄볕 따습던 어저께
푸른빛 주저리주저리
자랑을 늘어놓더니

오늘은 싸늘한
봄바람에
시무룩하게 엎드려

밭고랑 사이를
온통 파란 봄 물결로
심술을 부리네요

이른 봄날

겨울을 참아내는
헐벗은 나목들의
서러운 울음소리
아직은 쌀쌀한 봄볕이
포근히 감싸 안는다

하루를 마감하는
해 짧은 오후
거실 유리창에 비친
얄미운 햇살 한 줌
이내 서산을 등지고
촘촘히 사라져간다

아침 햇살에
하얗게 웃던 냉이꽃이
바짝 엎드린 채
내일의 태양을 기다리며
단잠에 빠져든다

봄 향기

봄바람이 몰고 온 소문
들판에 향기로운 봄 향기로
쫙 깔려 있다

깜빡깜빡 졸고 있는
햇볕 아래
잠에서 깨어난 나목들

요동치는 가슴 설렘으로
구름을 힘차게
하늘로 밀어 올린다

토라져 부어터진 주둥이처럼
가지마다 꽃망울 부풀어 올라
금방이라도 터질 것만 같다

겨울이 남기고 간 기운
새로운 봄 햇살이
들판을 파랗게 채워놓는다

꽃샘추위

봄 햇살 이끌고
들판으로 달려가는
네가 미워
심술을 부리는 것이다

푸른빛 새싹
가지마다 꽃봉오리
네가 미워
심술을 부리는 것이다

두꺼운 외투
벗어버린
네가 미워
심술을 부리는 것이다

봄이 되거든

이름 모를 들꽃들아
봄바람 속에 숨어
곱고 예쁘게 피어나거라

발 시리다 울어대던 새들아
목청 높여 아름답게
노래 부르거라

해마다 봄마다
살금살금 찾아오는
설렘의 봄

살구꽃 복사꽃
부어오른 꽃 멍울 속에
사무친 그리움

속 시원히 터트리고
가슴 넓은 나에게로
얼른 달려오거라

봄이 왔구나

빼꼼히 얼굴 내민 봄 내음
저 멀리 달아날까 봐

조심조심 대문 열고 나가
혼잣말로 지껄여본다

봄이 왔구나
예쁜 봄이 찾아왔구나

빨리 왔으면 어떻고
늦게 왔으면 어떠냐

이왕 이렇게 찾아왔으니
우리 집 봄꽃 정원에서

예쁘고 아름답게 꽃놀이하다가
천천히 천천히 돌아가거라

가을 풍경

낙엽이 휘날립니다
곱게 물든 이파리
예쁜 나비가 되어 날아갑니다

앙상한 가지 위에
빈 하늘만
파랗게 걸렸습니다

차가운 바람 한 줄기
쓸쓸하게 지나갑니다

가을 하늘만큼이나
텅 빈 작은 가슴
혼자 감당하기 어렵습니다

설렘의 계절

봄이라는 계절
예쁜 설렘보다는
빠르게 흘러가는 세월이
벌써라는 생각으로
가슴 가득 차오른다

코끝을 맴도는 장미꽃 향기에
봄날의 햇살은 활짝 웃고
새롭게 다가오는
계절의 바람 소리와
화려하게 꿈꾸는 봄꽃들

기쁜 마음으로
가슴 가득 들뜬 설렘을
아름다운 이 계절이
들판을 온통
푸른 물결로 수놓는다

저무는 가을날

산 그늘 길게 드리워진
작은 배추밭에

가을이 흠뻑 물든
모과나무 이파리가
바람에 휘날려

온통 빨갛게 빨갛게
물들고 있다

가을 햇살 한 줌
따습게 내려앉는 시냇가

노랗게 물든 은행잎이
바람에 휘날려

시냇물이 온통
노랗게 노랗게
물들고 있다

초여름

뙤약볕 내리쬐는
한가로운 대낮에
깜빡깜빡 졸고 있는
늙은 부루쌈

초여름 명주바람이
살랑살랑 꼬리치며
천천히 지나가건만
아무런 미동도 없다

노랑나비 한 쌍
나풀나풀 사랑에 빠지고
파란 하늘 가에
여름이 두둥실 다가오면

빨갛게 상기된 접시꽃 당신
긴 팔 뻗어 올려
사다리 이어놓고
임 오시기만 애타게 기다린다

내 고향 유월

허공이 하늘보다 넓어
찔레꽃처럼 하얀 구름이
아름다운 그림을 그리며
하늘을 가리고

골짝에서 내려오는
청량한 물소리에 장단 맞춰
예쁜 꾀꼬리 한 쌍
노래하고 춤춘다

아담하게 지어진
오목눈이 새집처럼
아늑하고 조용한
내 고향 시골집

지나가는 작은 바람이
가만히 혼드는 대문 소리
절집 풍경 소리 보다
더 정겹게 다가온다

팔월 한낮

파란 하늘이 좋아
솜사탕 구름이 좋아

팔월 한낮
지나가는 바람이

붉은 고추밭 이랑을
계면쩍은 얼굴로 서성거리면

파란 바닷가
파도가 철썩거린다

바람이 몰고 온
고추잠자리

높이 솟아오른
파도를 타고

철 이른 가을 하늘
파랗게 풀어놓는다

설날

시끌벅적 시골집
어머니가 반겨주시는
매화꽃 사랑에

아들 손주 며느리
빨간 동백꽃 웃음으로
예쁘게 피어난다

바쁜 손과 마음으로
그믐날 밤을
하얗게 지새우신 어머니는

빨갛게 떠오르는 태양을
힘껏 잡아당겨
도마 위에 올려놓고

조각조각 잘게 썰어
하얀 떡국 위에
고명으로 올려주시면

빙 둘러앉은 가족들은
각자 다른 나이테를 그리며
또 한 살을 맛있게 먹는다

기분 좋은 봄날

부슬부슬 봄비가 내려오면은
초롱초롱 꽃밭은 젖어 듭니다

뜰 안의 꽃밭 경계선 따라
천천히 천천히 구경을 나선
작고 귀여운 달팽이 한 마리

또르르 빗방울이 마중 나와서
반갑게 고개 숙여 인사합니다

추적추적 가랑비가 내려오면은
잡초들은 손 흔들어 환영합니다

뜰 안의 꽃밭 경계선 따라
천천히 천천히 기어오르는
앙증맞고 작은 달팽이 한 마리

온종일 걷고 또 걸어도
파릇파릇 기분 좋은 봄날입니다

제2부

가족

그대 향한 마음

한평생 그대 향한 마음
가혹한 형벌이다

지나가는 바람에
놀란 가슴 쓸어내리며

몇 날 몇 밤을
떨며 울었다

안타까움으로
채워진 아픔

목석처럼 멍하니 기다리다
서리꽃만 하얗게 내려앉았다

봄꽃

내 눈에 너는
언제나 봄
웃는 너의 모습은
예쁜 봄꽃

내 마음속에 너는
언제나 봄
미소 속에 앞니 두 개는
희망의 새싹

나는 너를
봄이라 생각했고
너는 내게 봄으로 다가와서
봄꽃으로 활짝 웃었다

너는 언제나
봄이었으면 좋겠고
너는 언제까지나
예쁜 봄꽃이었으면 좋겠다

아버지의 현충원

아버지는 홀로
현충원에 계십니다

바람도 노랑 빨강
예쁘게 물들인 가을

우뚝 선 비석 위에
화랑무공훈장 다시고

당신의 기일 날
가족 모두 불러놓고

따사로운 가을 햇살
선물로 주십니다

가족 간에 끈끈한 정까지
듬뿍 챙겨 주십니다

어머니2

소나기 한차례
후줄근 지나가고 나면

들깨 모종하시던
어머니 등줄기에서
모락모락 뭉게구름 피어난다

흙 묻은 호밋자루 툭툭
두어 번 털고 일어나

구름 사이로 잠깐 드러난
작은 햇살 바라보며
시간을 가늠해본다

나부끼는 바람이
한나절을 가리켰는지

흙냄새 물씬 풍기는
비탈진 밭둑 길을지나

절집 풍경소리보다 아름다운
오래된 대문 소리 안으로
바쁘게 들어서신다

주머니 기쁨

우리 집 거실에
훈훈한 봄바람이 불고 있다

행복한 소망으로
꽃 같은 사랑을 바라보며
한바탕 웃고 있다

향기 그윽한 봄바람이
예쁜 나비를 몰고 와
훨훨 날고 있다

뒤뚱뒤뚱 작은 제비꽃
함박웃음을 몰고 와

종소리 울려 퍼지듯
집안 가득 웃음소리
울려 퍼지고 있다

아들

잘나고 멋진 아들
너와 나 사이
보이지 않는 큰 강하나 있나 보다

강가에 서 있는 너를 볼 때나
네가 보이지 않을 때도

늘 조바심이 가시지 않는
이유는 무엇일까

네가 아주 어릴 때부터
내 눈에는
네가 최고이고 제일이지만

너와 나 사이
아직도 조마조마한
강물 하나 흐르고 있나 보다

보이지 않는 조바심의
커다란 강물이

해나의 첫돌

붉은 장미꽃 향기가
아름답게 피어오르고
연녹색 푸르름이
온 대지를 덮던 날

사랑하는 손녀딸 해나가
이 세상에 나온 지
일 년이 되는 첫돌이란다

한없이 기쁘고 좋은 날
하늘에는 반짝이는
눈망울처럼
밝은 태양이 빛나고

활짝 웃는 얼굴에
오색 찬란한
무지개가 피어오른다

사랑하는 아가야
지금처럼 우렁찬 목소리로

큰소리 지르며

밝고 환한 미소로
푸르게 푸르게 자라나거라

아버지의 꽃밭

고향 집 담장 밑
아버지의 꽃밭에
노란 국화꽃이
예쁘게 피기 시작했습니다

그 옆에 빨간 맨드라미꽃과
아버지가 제일 좋아하시던
서광 꽃도 경계석을 따라
아름답게 피었습니다

뜰 안의 작은 화단
맨 앞자리에는
여름에 피었던
빨간 채송화꽃이

말라버린 씨방으로
흔적을 남긴 채
아직도 떠나지 못하고
돌 틈 사이에 머물러 있습니다

그 덥던 여름날
붉은 피 토해내며
꼼짝하지 않고 기다리던
마당 가 백일홍 꽃나무는

서늘한 가을바람에
단풍든 이파리만 흩날리며
쓸쓸하게 서 있습니다

나에게 당신은

내가 가을이라면 예쁜 당신에게
파란 하늘을 선물하고 싶습니다

내가 꽃이라면 고운 당신에게
아름다운 향기를 선물하고 싶습니다

밤하늘에 제일 아름다운 것이 별이듯
땅에서 제일 아름다운 것이 꽃이듯
나에게는 당신이 별이고 꽃이랍니다

별들은 밤하늘을 아름답게 수놓고
꽃들은 아름다운 향기를 수놓고
나는 당신에게 사랑을 수놓고 싶습니다

꽃은 아름다움을 표현하고
공기는 싱그러운 산소를 내뿜듯이
나는 당신에게 사랑을 고백하고 싶습니다

요즈음 휴대전화 없이 못살 듯
비 오는 날 우산이 필요하듯

나에게는 당신이 휴대전화며 우산입니다

당신과 함께하는 삶
별이고 꽃이며 우산이기에
날마다 웃으며 살아갈 수 있습니다

이 가을 푸른 하늘과 별과
아름다운 꽃과 단풍은
온통 당신의 웃는 얼굴, 얼굴입니다

그 임이 온다네요

그 임이 온다네요
가슴이 마구 뜁니다
빨리 보고도 싶고
무척 기다려집니다

수박도 좋아하고
블루베리도 잘 먹는
귀여운 그임이 온다네요

말귀도 알아듣고
걸음마도 곧잘 하는
예쁜 그임이 온다네요

윙크도 잘하고
이쁜 짓도 잘하는
깜찍한 그임이 온다네요

애간장 다 녹이는
그 임이 오면
안아도 주고 업어도 주고
오붓한 시간을 가져 볼래요

보고 싶다

많이 컸다고 썼다 지우고
이쁘다고 썼다 지운다

뒤뚱뒤뚱 걸음마
아직은 서투른 예쁜 짓

보고 또 봐도
자꾸만 보고 싶다

추석

앞산 너머 둥근달이
수줍게 얼굴 내밀면

들마루에 놓여있는
작은 소반 위

갓 빚은 송편 접시 위에
은은한 달빛이 넘쳐흐른다

울렁울렁 우물가 대야 속
달님보다 환한 어머니 얼굴

하얀 박꽃처럼
온화하고 평화롭지요

성묘 가는 길

보름달 여럿 매달고
조상님 산소에
성묘하러 간다

별들이
밤새워 놀다 두고 간
영롱한 이슬방울

새하얀 운동화로
털어내면서
도란도란 정겹게 산소에 간다

물소리 새소리
바람 소리에
망개잎 싸리잎 악수하면서

구절초 쑥부쟁이 산길을 따라
할아버지 할머니
만나러 간다

보리밭

햇살은 보리밭에 내려와
푸른 꿈을 키우고

바람은 보리밭을 굴러
파도를 키운다

발길은 보리밭을 거닐며
추억을 부르고

추억은 보리밭에 머물러
아버지 아버지

아내

가만히 보니
참 예쁘다

가까이 있으니
참 향기롭다

함께 있으니
참 행복하다

어머니의 시골집

머위 한 줌 꺾어들고
환하게 웃으시는 어머니

가느다란 봄 햇살에
살랑살랑 미소 짓는 냉이꽃

이따금 얼굴 내밀어
주인 행세하는 고양이

봄 내음 한 아름 몰고 온
작은 바람이

덜커덩덜커덩 노크하는
시골집 대문 소리

이사하던 날

분양받은 집으로
작은아들 입주하던 날
주마등처럼 지나가는
젊은 시절의 추억들

연립하나 어렵게 장만하여
이사하던 날의 그 기쁨
아들의 마음도 그랬으리라

이사 때마다 도배했는데
유난히 꽃을 좋아하는
아내의 선택을 존중하여
화려하고 예쁜 꽃무늬 벽지를
바르곤 했다

지금에야 가만히 생각해 보니
작은 바람결에도
파르르 떨리는 물결만큼이나
잦은 이사를 했고

그때마다
이른 봄날 하얗게 피어나는
작은 냉이꽃처럼 예쁜
아들 둘 앞세우고
설레는 마음으로
새집 현관문을 들어서면

신바람에 사랑 물결이
방안 가득 출렁거리고
눈부신 행복에 들떴던 푸른 기억들,

살며시 피어오르는 미소
아득히 먼 나라에 머물러
행복한 추억 여행하고 있다.

제3부

꽃, 임

이른 봄날 홍매

차가운 눈초리에도
마음속은 벌써
분홍 꽃이 피었습니다

지난밤 어슴푸레한 달빛이
아무도 없는 뜰 안에
살금살금 내려와

별빛으로 곱게 싸맨
홍매 저고리의 붉은 옷고름
살짝 풀어 놓고

설레는 가슴 달랠 길 없어
수줍게 물든 두 볼 위에
빠알간 미소로 피어납니다

국화

가을 끝자락
파란 하늘이 너무 높아
첫눈 소식을 듣지 못하고
누군가를 한없이 기다린다

가슴속 깊이 새겨둔 그리움
가을 색으로 곱게 물들이고
마지막 남은 계절의 향기
나풀나풀 날려 보낸다

하얗게 내려앉는 무서리이고
비어가는 들판의 허전함
노란 가을 국화 향기로
예쁘게 채워놓는다

꽃샘바람

꼭꼭 싸맨 꽃망울
펑펑 터트리는
봄바람이려니 했더니
시샘 많은
꽃샘바람이었네

아프게 흔들어대며
관심 없이 지나가는
봄바람이려니 했더니
뒷걸음질 치는
꽃샘바람이었네

연둣빛 푸른 물결
들판에 펼쳐놓는
봄바람이려니 했더니
심술궂은
꽃샘바람이었네

냉이꽃

겨우내 바위에 매달렸던
차가운 개울물이
소리 없이 흘러간다

고달픈 농부의 삶을 꼭 닮은
질긴 냉이꽃
들판을 하얗게 수놓고

두근두근 푸른 기억
가만히 봄바람에
실어 보낸다

꽃피는 봄은

산과 들
하얗게 눈 덮인 겨울날
꽃피는 봄은
오지 않을 줄 알았습니다

참새떼 발 시리다
시끄럽게 울어 댈 때
꽃피는 봄은
오지 않을 줄 알았습니다

담 너머 홍매 가지
메말라 있을 때
꽃피는 봄은
오지 않을 줄 알았습니다

까탈스러운 봄바람

새소리 아름답게 들리더니
가지마다 저렇게나 고운
봄꽃을 물어다
예쁘게 달아놓았습니다

성급한 산수유꽃
하얀 서리 머리에 이고
오돌오돌 추위에 떨며
후회하고 있습니다

치맛자락 날리며
맘 설레는 봄나물
안절부절 봄바람에
얼굴만 붉히고 있습니다

목련꽃

겨울바람 외면한 채
쓸쓸하게 지내더니
봄 햇살 곱게 단장하고

부잣집 뜰 안으로
마실 내려오던 날

가지마다 그리움
다닥다닥 매달아 놓았습니다

하늘 향해 웃음꽃 피우며
하얗게 뜰 안을 비추는
그대 고운 얼굴
볼수록 예쁘고 아름답습니다

단아하고 고귀한
하얀 그대와
달콤한 별빛 사랑에
흠뻑 빠져들고 싶습니다

작은 냉이꽃

참새도 발 시리다
콩콩 뛰던 묵은 밭에
깊숙이 뿌리 박고
하얀 꿈을 꾸며 버텼다

흔들리고 넘어지는
나약한 몸이지만

머위잎 파랗게 올라오고
멍든 매화 꽃잎
바람에 날릴 때

깨알보다 작은 꽃으로
봄보다 먼저 달려 나와
들판을 하얗게 하얗게
물들여 놓았다

5월의 장미꽃

신록의 계절 5월
곱고 아름다운 네가

예쁜 치마 차려입고
나풀나풀 나에게로
다가오는구나

아름다운 향기
진하게 풍기며

사뿐사뿐 다가오는
너의 모습
예쁜 너의 모습은

발갛게 상기된
5월의 장미꽃이어라

하얀 찔레꽃

달밤을 하얗게 밝히는
박꽃보다 더 순박한
하얀 찔레꽃

향기 아름다운
하얀 찔레꽃

기다리지 않아도
아름다운 향기 풍기며
봄 따라 오는 하얀 찔레꽃

찔레꽃 피고 지면
또 한세월
간다는 것을 망각하고

찔레꽃 향기에 취해
은은한 달빛에 취해
비틀거리는 5월

금낭화

박새 한 마리 날아와
신기한 듯 갸웃거린다

살랑살랑 흔들리는
대문 옆 금낭화

풀어져 찰랑대는 옷고름
바르게 고쳐매고

파란 양탄자 깔린
따사로운 오뉴월에

멋진 신랑 만나
얼른 시집가고 싶은가보다

연꽃

혼탁한 세상에
뿌리박고 자랐다고
굳이 말하지 마라

네가 말하지 않으면
누가 감히
짐작이나 하겠느냐

너를 보고 누구나
곱다 예쁘다
말하지 않더냐

바라보는 눈길마다
환한 미소를
선사하는 너는

세상에서 가장
향기롭고 아름다운
연꽃이 아니더냐

칠월 한 달

붉은 싸리꽃
작은 꽃잎에 매달려
진하게 애무하는
꿀벌들이 얄미워

보랏빛 칡꽃이
조롱조롱 매달린
값싼 향기를
푼수 없이 뿜어댄다

먹구름 우당탕 겁박 소리에
꿰맨 곳 하나 없는
투명한 날개 고이 접어두고
곤한 잠에 빠져든 매미

갑자기 쏟아지는
소낙비 소리에
화들짝 놀란 도라지 꽃
가만히 수그리고 기도 중이다

가을 여인

구절초 같은 가을 여인
어색한 웃음조차도
여름 한 철의 연꽃 같기도 하다

가을 잿빛 구름 사이로
햇살 한 점 내려오고
쑥스러운 웃음 한 방울
설레는 가슴속으로 파고든다

가만히 들여다보니
가을을 닮았구나
구절초를 닮았구나

향기로운 연꽃 미소
수줍은 구절초 미소
내 언제 이처럼
향기 짙은 꽃을 본 적 있던가

성숙한 가을 여인
구절초를 쏙 빼닮은
향기 가득한 가을 여인을

4월

바람은 또 불어와
계절을 바꾸자고
자꾸만 외쳐대는데

동백은 붉게
볼멘소리 질러대며
뚝뚝 떨어져 내립니다

저 건너 기와집 울안엔
겨우내 바람과 씨름한
키 큰 목련이

하얀 이 드러내고
깔깔깔 웃어댑니다

잔뜩 긴장한 꽃샘바람
아지랑이 속으로
조용히 숨어들고

키 작은 제비꽃

예쁜 꽃신 신고
푸른 들판을 달음박질칩니다

할미꽃

파란 하늘 뭉게구름
살며시 밀어내고
햇볕 한 줌
따습게 내려오던 날

양지 녘 무덤가에 할미꽃
빨간 저고리 곱게 차려입고
예쁘게 웃고 있다

나 어릴 때
할머니가 저렇게나
곱고 예쁘게 웃으셨다

뻐꾸기 봄 노래 부르고
봄바람 살랑살랑 불던 날

양지 녘 무덤가에 할미꽃
빨간 립스틱 짙게 바르고
수줍게 웃고 있다

나 어릴 때
할머니가 저렇게나
아름답고 예쁘게 웃으셨다

봄비 1

까만 시골집 밤
초가지붕 위로
부슬부슬 내리던 봄비

처마 끝으로
똑똑 떨어지는
이른 봄날 낙숫물 소리

그 소리 듣고 자란 한 소년이
어른이 되고 아버지가 되고
시인이 되어

봄비라는 시로
그 소리
두서없이 지어놓고

그 옛날
어린 시절 기억 속을
아련히 더듬고 있다

제4부

사랑

파도

우르르 파도가 몰려온다
너와 내가 나란히 앉아있는
바닷가 모래사장

설레는 사랑 물결
가슴 속으로
막 밀려든다

뜨거운 사랑 물결
거칠은 숨결로
파르르 다가온다

귀 가까이 들려오는
사랑의 속삭임
나는 바다 위를 날아오른다

아름다운 돛단배를 쫓아
은하수 물결 너울너울
햇살 가득 하늘로 하늘로

사랑의 꽃을 피워보자

아름다운 꽃과
초록이 찾아드는
계절의 길목

너와 나
예쁜 사랑의 꽃을 피워보자

노란 개나리꽃도 좋고
진한 향기 라일락꽃도 좋고
붉은 장미꽃도 괜찮다

저마다 빛깔도 다르고
모양도 다르지만
뜨거운 가슴만은 같을 것 아니냐

홀로 외롭게 피는 꽃 말고
함께 꽃피워
곱고 예쁜 사랑을 만들어보자

우리 모두

아름다운 사랑으로
꽃을 활짝 피워보자

기다리는 봄

애틋한 그리움
매화꽃에 매달아 놓은 봄

추운 겨울 동안
하얀 눈 속에 묻어두었던
슬픈 이별

아지랑이 봄 처녀 되어
훈훈한 마음 안고
달려오고 있네

나무 끝에 걸터앉은 봄바람
가지마다 예쁜 꽃
다닥다닥 달아놓고

따스한 봄 사랑
애타게 기다리고 있네

연분홍 봄바람

한바탕 바람이 지나간다
시샘 많은 연분홍
봄바람인가보다

헝클어진 머리 위로
예쁜 꽃잎 하나
나풀나풀 떨어지고

종종걸음으로
다가오던 구름 한 점
잠시 멈추어 선다

계절을 등진 서러운 꽃잎
파란 신록으로 채워진
먼 산 바라보며

길 위에 꽃무늬 주단
아름답게 깔아놓고
살짝 볼 비벼 입맞춤한다

반가운 봄비

민들레 홀씨 타고
가만가만 내려오는
반가운 봄비

붉은 영산홍 꽃술에 숨어
소리 없이 찾아오는
아름다운 봄비

깨알보다 작은
하얀 냉이꽃 머리 위에
살며시 내려앉는
귀여운 봄비

봄보다 먼저 달려 나와
온 누리를 생명수로
촉촉이 적셔주는
고마운 봄비

쓸쓸한 봄

영산홍꽃 붉게
물들던 봄날
망설이고 망설인 말

결국, 하지 못하고
불어오는 봄바람만
걷어 찾지요

휘영청 달 밝은 밤에
뜰에 나가니
고왔던 호시절은
오간 데 없고

푸른 잎만 눈치 없이
무성히 자라
밤바람에 쓸쓸히
흔들립니다

8월

더위를 겹겹이
뒤집어쓴 8월

낭만이 파도치는
뜨거운 해변에

모래성 높이 쌓아 올리고
둘만의 사랑을 노래해보자

가슴 뜨거운 8월
파도치는 바다로 나가

밀물과 썰물이 만나는
뜨거운 해안선에서

하얀 물거품 부둥켜안고
둘만의 사랑을 노래해보자

여름

서풍이 부는 걸 보니
비가 오려나 보다

바람 따라 흔들리는
키 큰나무 이파리

길게 드러누운
작은 그림자 하나둘

겨울눈처럼
하얗게 쌓이고 쌓이면

까만 기억 속 그리움
가슴에 남겨둔 채

나풀나풀 나비 되어
여름 속으로 날아간다

복사꽃

훈훈한 봄바람이
꽃샘바람 몰아내고

산 넘고 물 건너
들판으로 달려온다

머뭇머뭇 기다리는
파란 미소의 연둣빛 사랑

봄꽃의 화려한 축복처럼
환하게 웃으며

빨간 복사꽃으로
예쁘게 다가온다

8월 끝자락

멀어지는 파란 하늘
조롱조롱 모여 앉은
붉은 백일홍꽃

붉으락푸르락
화를 내고 있다

가까이 다가왔던 푸르름
하늘 저 멀리 날아간 8월

뜨겁게 달궈진 백사장 위에
높이 쌓아 올린
하얀 사랑 모래성

밤새워 놀다간
별들의 아름다운 이야기
거친 파도의 차가운 눈물이 된
허전한 8월 끝자락

팔월

그림자 짧아진
펄펄 끓는 팔월 한낮
쏴 하니 한 줄기 바람이

시들시들 심란한 나뭇잎
흔들고 지나가면

바닷가 파도 소리
사르르 사르르 들려온다

펄펄 끓는 팔월 한낮
뭉게구름 두둥실
춤을 추며 지나가면

매미 소리 가득 실은
힘에 부친 미풍이

은하수 물결 따라
하늘로 하늘로 날아오른다

가을

스치고 지나가는
산들산들 가을바람

굵은 땀방울이 스며든
농부의 들판을
온통 황금빛으로 물들인다

눈 시리도록
파란 하늘 저 멀리

게으른 구름 한 조각
여름을 외면한 채
천천히 지나가고

코스모스 한들한들
예쁜 꽃잎 속에

와자지껄 수학여행
분홍빛 설렘과 추억들이
희미하게 떠오른다

구월

바닷가 모래사장
맨발로 찍어놓은 발자국

구월의 거친 파도가
흔적 없이 지워 버렸다

안개 자욱한 새벽
소리 없이 찾아온 구월이

하늘을 파랗게 파랗게
닦아놓았다

낙엽

잎이 떨어집니다
하늘이 훤히 드러나
눈이 시립니다

따스한 가을날
파란 하늘에
편지라도 써야 할 것 같습니다

사랑했기에
아무 말 못 하고
작금에 이르렀습니다

가슴속 깊이 간직한
수많은 날의 되뇜
단풍으로 곱게 물들었습니다

물든 가슴 한편에
작은 그리움
낙엽 되어 훨훨 날아갑니다

가을 풍경

축 처진 잎사귀 사이로
반쯤 붉은 고추가
거친 숨을 몰아쉰다

끝물 고추 따는
우리 엄마 낡은, 모자 위에
햇살 한 줌 내려앉으면

빨간 고추잠자리
올가을 마지막 춤을
팔랑팔랑 추어댄다

나뭇잎 사이로 비친
가을 햇살에
빨갛게 상기된 홍시 하나

배시시 미소 짓는
가을 단풍의 화려함을
슬며시 비웃고 있다

봄기운

잠에서 깨어난
백설 공주님
속눈썹 파르르 떨며
기지개 켠다

바람이 몰고 온
얄미운 꽃샘추위
물오른 나뭇가지
파랗게 울려도

저 모퉁이에 서성이는
수줍은 햇살이
연분홍 옷고름
살며시 잡아당기면

다소곳이 기다리던
동백 꽃잎에
빨간 사랑이 스며들 듯
산과 들에 봄기운이
흥건하게 젖어 든다

봄

눈 부신 햇살이
펄렁이는 바람결에
분홍 속옷 훔쳐보고
달아납니다

개나리 노랗게 자지러지고
진달래 붉게 화낼 때
바람 따라 마실 나온
작은 제비꽃

엄마가 사다 주신
예쁜 꽃신 신고
푸른 하늘을 내달리면

들판은 온통 두런두런
아름다운 봄꽃으로
흥건하게 물들어갑니다

제5부

고향 친구

고란사 종소리

어둠을 헤치고
울려 퍼지는
고란사 종소리의
절절한 맥 놀이에

절벽 끝에 매달린
비에 젖은
진달래 붉은 꽃잎

애처로운 삼천궁녀
영혼이 되어
나풀나풀 강물 위로
뛰어내린다

부소산을 끼고 도는
외로운 백마강
파르르 몸을 떨며
소리 없이 흘러간다

고향 생각

자욱이 내려앉은
뿌연 안개
눈을 감고 찬찬히 걷어낸다

그리움이 돌고 돌아
뒷산 골짜기에
맑은 물로 졸졸 흘러내리고

파란 하늘에서
불어오는 청량한 바람
가슴속 추억을 불러준다

옛날집 부엌 천장에
검게 그을렸던 그을음처럼
까맣게 매달린 고향 생각

어린아이 미소로
환한 보름달로
둥그렇게 떠오른다

우리 동네 4월

곱게 물든 봄꽃으로
온 동네가 아름답게 예쁘다

양지바른 언덕 아래
수줍게 피어난 붉은 진달래꽃
신작로 길을 따라
환하게 웃고 있는 벚꽃 무리

저 건너 부잣집 울 안엔
철없는 목련꽃이
하얀 이 내보이며
주인에게 아양 떨고 서 있다

우리 동네 4월은
활짝 핀 봄꽃들의 향연으로
봄 향기 자욱이 피어난다

고향

개구리 울음소리
흰 구름 떠받히고
실비 내리다 갠 날 오후

뒷산에 자욱이 내려앉은
황홀한 안개는
한 폭의 진경산수화로 다가온다

희미한 달빛 아래
자박자박 걸어오는 바람결에
긴 눈썹 파르르 떨던 밤

감자꽃 하얗게
뜬눈으로 지새우고

옆집에서 들려오는
수탉의 우렁찬 울음소리
고요한 새벽을 가르고
부로 쌈 파랗게 식욕을 돋운다

향수

가냘픈 나팔꽃
두 팔 꼬아
힘겹게 타고 오르는
시골집 구름다리

시간은 쏜살같이 흐르고
비 갠 나른한 오후
맑은 하늘
눈에 밟히는 고향 산천

고이 간직했던
그리운 추억들

나도 모르게
뜨거운 커피잔 모서리에
살며시 입술 갖다 대고
커피 향 가득 향수에 젖는다

고향 땅

내가 이 자리에서
비바람 맞으며
흔들리지 않고 꽃피우는 이유는
이곳이 내가 제일 좋아하는
고향 땅이기 때문입니다

아무도 찾지 않는 곳에
홀로 꽃피어 있어도
외롭지 않은 이유는
이곳이 내가 제일 사랑하는
고향 땅이기 때문입니다

예쁜 꽃으로 물들인 산과 들
마음껏 자랑하는 이유는
이곳이 내가 나고 자란
꿈에서도 잊지 못할
고향 땅이기 때문입니다

내 고향 6월 풍경

붉은 노을을 가리고
천천히 지나가는
쓸쓸한 구름 조각 사이로
서풍이 막 불어오면

감나무에 매달렸던
족두리 모자가
바람 등쌀에
우수수 떨어져 내린다

초여름 짧은 밤이 얄미워
서둘러 떠나가는 초승달이
다랑논 벼포기 사이에
어둠을 서서히 풀어놓으면

검은 밤 속으로 가라앉는
반짝이는 밤하늘을
일제히 달려 나온 개구리들이
합창으로 떠받힌다

내 고향 6월

싱그러운 풀 내 움으로
온 동네가 파랗게 젖었습니다

먼 산에서 들려오는
꾀꼬리 노랫소리

따갑게 내리쬐던 햇살도
넋 놓고 바라봅니다

스멀스멀 피어오르는
인동초 꽃향기

바람도 잠시 머물러
가슴 가득 향기를 물들이는

내 고향 6월의
소박한 풍경입니다

그대는 연꽃이어라

그 뜨겁던 한낮
목 타는 해 자락이
넓게 펼쳐진 연꽃밭 사이로
조용히 숨어들고

흰 구름 솔바람은
더위에 지쳤는지
갓 피어난 연꽃 봉우리 속에서
잠시 머문다

두근두근 열기로 가득한
가슴 다독이며
가냘픈 꽃대를 밀어 올려
만인의 꽃으로 피어난 그대

동쪽에서 떠오르는
찬란한 7월의 태양보다
더 붉게 타오르는 그대는
곱고 예쁜 연꽃

7월의 길목에서

오이밭 모퉁이에
커다란 호두나무

올해도 변함없이
불알만 한 호도
주렁주렁 매달고

쑥스럽고 민망한지
넓은 이파리
살짝 끌어다 가리고 웃는다

7월의 붉은 태양 아래
흰 구름 뭉게구름
하늘 가득 피어오르고

조롱조롱 백일홍 꽃
추억을 매달고
헤픈 웃음으로 더위를 팔면

차오르는 달빛이

성큼 다가오는
8월을 기다린다

장마 2

요 며칠
먹구름이 해를 가리고
장대비를 막 쏟아붓는다

요란한 천둥소리
죄지은 것도 없는데
왜 이리 불안한지

잠시 비가 잦아들고
자욱이 피어오른 물안개가
산등성이를 감싸 안고 돌면

눈 앞에 펼쳐진
한 폭의 진경산수화
황홀한 감탄이 절로 터져 나온다

온 세상을 집어삼킬 듯
휩쓸고 지나가는
흙탕물 속에

일상 속 시기 질투
과한 욕심 찌든 마음
모두 던져버리고 싶다

모든 이의 사랑을 받으며
해맑은 웃음을 주는
향기로운 연꽃처럼

가을이 오는 소리

파란 하늘가 흰 구름
뭉게뭉게 피어오르고

화려했던 붉은 청춘
사랑 열매로 달아놓았다

더위를 안고 떠나야 할
목쉰 매미 소리 처량한데

가을 풀벌레 소리
또르르 또르르 굴러서 온다

천년고찰 무량사

살며시 미소 머금은 채
긴 역사를 짊어지고
말없이 서 있는
천년고찰 무량사

그 아름다운 미소에 이끌려
살짝 얼굴 내민
바위틈에 숨어지낸
수줍은 진달래꽃

애간장 다 녹이는
아름다운 자태로
노승이 두드리는
청량한 목탁 소리에

관세음보살
관세음보살
허리 굽혀 합장한다

정월 대보름

울렁울렁 달빛
휘영청 밝은
마음의 강물 위로
춤추며 내려온다

저기 저 앞 개울가
활활 타오르는 달집 위로
겨우내 움츠렸던 그리움이
용솟음친다

한 해 소망 가득 담아 빌고
모든 액운을
타오르는 저 불 속에
활활 던져버리자

하늘의 기운 받고
땅 기운도 받아내어
너도 웃고 나도 웃고
우리 모두 웃으며 살자

마음속 깊이 스며든
정월 대보름 달임처럼
넉넉하고 예쁜 사랑
둥그렇게 그리며 살자

북두칠성

어린 시절 여름밤
하늘 꼭대기에 걸어둔
자루 달린 국자 하나

얼마나 많은 어둠을
퍼 담았기에

북쪽 하늘 끝에서
가물가물 지쳐 보인다

까만 밤 시골집
양철 지붕 꼭대기에 걸어둔
자루 달린 국자 하나

남아 있던 어둠을
다 퍼 담았는지

홰치는 먼동 뒤에
살그머니 숨어버린다

김장

한동안 꼭꼭 싸매고
감추고 산 삶

배 갈라
다 보이고 말았다

파랗게 속이고 산 삶
다 들통나고 말았다

저렇게나 노란 속
너도 속고 나도 속고 살았다

부정 탈까 봐 소금 뿌리고
양념 속 꼭꼭 채워 두면

언제쯤 철들어
깊은 맛 내는지

정림사지 5층 석탑

하늘 향해 두 팔 벌리고
목놓아 울고 싶지만
마음속 깊이 감추고 살았다

화려한 백제의 역사
버리지 못해
그 많은 눈비 다 맞으며

내 여기서
무릎 꿇고 눈감은 채
천년을 버티고 살았다

나 당 연합 소정방이
백제를 함락한 후
탑신 초 층에

평제기공문(平濟紀功文) 이라는
깊게 새겨넣은 문신
내 잘못도 아니련만

무거운 돌 삿갓으로
층층이 가리고
오늘도 아픈 역사 전하고 있다

제6부

행복 외

편견

계절이 봄만 있다면
얼마나 재미없을까요

꽃이 붉은 꽃만 있다면
얼마나 싫증이 날까요

한꺼번에 꽃이 피고 진다면
얼마나 우울할까요

짧게 끝난 사랑
얼마나 허무할까요

이른 봄날에

얼음장 밑으로
조잘조잘
봄이 찾아온다

바람난 버들강아지
흔들흔들
봄바람에 좋아죽는다

파랗게 돋아난 새싹
뾰족뾰족
세상이 온통 신비롭다

양지바른 언덕 아래
부어오른 진달래꽃멍울
쌀쌀한 봄바람이 추운지

두툼한 햇볕 이불
살그머니
끌어다 덮는다

추억

사랑은 왜 이토록
마음이 아파야 하는가

구름 사이로 잠깐 비치는
햇살의 추억처럼

외로움 떨쳐 버리고
꽃향기 속에 숨어 있는데

얄미운 봄바람
그냥 지나가지 않는다

벙글어지는 빨간 꽃망울
멍든 가슴 설레고

간지러운 봄 햇살
추억으로 피어난다

잡초

저기 한 무리의 꽃들을 보라
얼마나 앙증맞고 아름다우냐

들판을 예쁘게 수 놓는 것은
하얀 목련꽃도 아니요
빨간 장미꽃도 아니다.

그저 이름 없이
바람 따라 흔들리는 잡초들이다

보는 이 없고
찾는 이 없어도

수수한 빛깔로 들판을 온통
푸르고 아름답게 물들이는 들풀들이다

저들이 있는 곳엔
따스한 햇볕이 내려오고
바람도 잠시 쉬어간단다

봄비

비가 내린다
애타게 기다리던 봄비

뾰족뾰족 올라오는
마늘밭에도

파랗게 올라오는
머위잎 위에도

사르르 봄비
부슬부슬 봄비

봄이 오는 소리

자박자박 걸어오는
봄의 발짝 소리에

아지랑이처럼
마음이 흔들린다

겨우내 찬바람 맞으며
시냇가에 서 있는

어린아이 솜털 같은
보송보송 버들강아지

봄보다 먼저 달려 나와
흔들흔들 봄바람 놀려댄다

파도 2

성난 파도는
달리기를 시작했다

서로 앞서겠다고
거품을 물고 내달렸다

성질머리 급한 파도는
바다를 돌돌 말아

하얀 백지장 찢듯
확 찢어 날려 버렸다

지친 파도는
털퍼덕 주저앉아

군 오징어처럼
바싹 오그라들었다

행복한 5월

눈을 감고 허공을 헤매다
장미꽃 한 송이 꺾어들고
당신에게 달려갑니다

가물가물 흐려진
옛 추억 떠올리며
아름답고 예쁜 당신에게
마구 달려갑니다

담장을 타고 오르는
빨간 덩굴장미
가느다란 바람결에
살랑살랑 춤을 춥니다

파란 하늘가
활짝 핀 5월의 장미꽃
작년보다 올해가
더 곱다는 생각이
문득 들었습니다

이런 생각을 하고
살아갈 수 있는 나는
더없이 행복한 5월입니다

아름다운 꽃

빨갛게 피어 있는
장미꽃만 꽃이 아니다.

들판을 하얗게 수놓은
개망초 꽃도
벌 나비 찾아오는
예쁜 꽃이다

우리네 인생도
마찬가지 아니던가?
젊은 시절 멋진 아름다움
자랑하고 뽐냈다면

흰머리 휘날리며
석양을 바라보는
노년의 따사로운 시선 또한
아름다운 꽃인 것을

6월은 아픈 달이다

6월은 목이 빠지는
아픈 달이다

한사코 눈을 가려도
까만 밤

온 천지를 뒤덮어도
아우성을 쳐대며

저 높은 하늘을 향해
두 팔을 뻗고 있다

어제보다 한 뼘씩 더 자란
목을 길게 빼고

진초록으로 새롭게 태어나는
아픔을 겪는 달이다

장마

세월을 짊어진 헛간
기둥 모퉁이에 박힌
녹슨 못 위에

겨우내 매달렸던
색바랜 우비가
제 세상을 만났다

폭포수 같은 빗물에
힘에 부친 작은 봇도랑
터지고 넘치면

봄 판에 장만해둔
아버지의 삽자루가
긴 갈개를 바쁘게 참견한다

들판을 예쁘게 물들였던
파란 들풀과
아름다운 풀꽃들

요란한 천둥·번개 속
세찬 비바람 등지고
조용히 머리를 조아린다

수련

수양버들 늘어져
물 위에 그림자 드리우고
살랑살랑 실바람
그네를 탄다

달님보다 둥근 수련 이파리
그 이파리 껴안은
영롱한 이슬방울이
초여름 햇살에 눈물을 감춘다

수줍게 피어난
하얀 수련꽃 속
긴 속눈썹에 걸려
넘어질 듯 비틀거리는

아직은 덜 자라
철없는 초여름의 미풍이
곱고 예쁜 수련 꽃잎
살짝 흔들어본다

어머니

마음이 허전하고
우울할 때
찾아가는
고향 집 어머니

이름만 들어도
가슴 설레고
눈물이 나는
어머니 어머니

언제까지나
오래도록
함께 머물고 싶은
나의 어머니

계절이 바뀌고
해가 바뀌어도
늙지 않았으면 좋을
어머니 어머니

아미산

구름 속 산길 따라
하늘로 은하수로
길게 이어진
아름다운 아미산

흐르는 물소리
떠도는 바람 소리
햇볕은 말없이
천년을 사랑했네

진달래꽃 개나리꽃
수줍은 미소
소쩍새 운무 속에
봄을 알린다

오늘따라 유난히
연둣빛 번지고
헐떡이는 거친 숨
감탄으로 다가오니

꿰맨 자국 하나 없는
잠자리 날개처럼
이 마음도 가볍게
하늘로 은하수로

아름다운 추억

계절은 가고 또 오건만
한번 지나간 시절
다시 오지 않는다

백일홍 붉은 꽃이여
조롱조롱 매달린
곱고 아름다운 사연들

쪽빛으로 물든
눈 시린 가을 하늘에
예쁘게 뿌려놓고

벌겋게 물든 서쪽 하늘
따스한 가슴으로
받아들이자

단풍

사랑한다는 것은
함께 물드는 것이지

말 못 하는 고민
가슴에 담아 두는 것이지

세상 끝날 때까지
곱고 예쁘게 사는 것이지

때가 되면
훨훨 날아가는 것이지

우수

무량사 법당 꽃무늬
문 창살 문틈 사이로

천년을 무릎 꿇고 기도하는
아기 석등 하나
아장아장 들어선다

겨우내 울부짖던 박새 한 마리
매화 등걸 우듬지에 날아와
빨갛게 부어오른 매화꽃망울
갸웃갸웃 들여다본다

환한 웃음 봄기운
나무 관 타고 졸졸 노래하며
작은 돌 우물 속을 채운다

수정 같은 물 한 바가지
넘치게 퍼 올려
식어버린 입술에 갖다 대고
차가운 가슴 깨우면

봄이 오는 소리
노승의 목탁 소리에
부처님의 환한 미소가
새로운 천년을 이어 나간다

고향을 그리워하는 아름다운 서정

고향을 그리워하는 아름다운 서정

김명수(시인, 효학박사, 충남문협회장)

1. 자연 속에서 우러나오는 아름다운 언어들

많은 사람은 시를 쓸 때 자연발생적 감성적인 것들로 시작되는 경우가 많다. 이에 시 공부를 더 하다 보면 기교적·논리적인 기능을 더하게 되는데 대부분 자유롭게 쓰기 위한 자연발생적 감성에 무게를 두고 시를 쓰는 경우가 많다. 이종수 시인도 전자의 경우에 속하는 자연발생적 감성적인 시들이 주류를 이루고 있기에 자연 친화적인 시정을 엿볼 수 있다.

이 시인의 고향은 부여의 외산이다. 그래서인지 부여를 중심으로 쓴 시들이 많다. 또 현재 이 시인이 사는 당진 역시 도심을 빼놓고는 거의 농촌과 해안가이기 때문에 대부분의 시가 시골에서 흔히 볼 수 있는 것들이 주류를 이루고 있다. 시인의 심성 또한 착하고 고와서 시가 예쁘고 부드럽기까지 하다. 시를 쓰는데 자칫 기교와 논리적인 것에 신경 쓰다 보면 이질적인 언어로 형태가 부자연해지고 어색해지며 이해가 잘 안 되는 경향 때문에 시의 형태로 보아 기능을 제대로 발휘하지 못하는 경우가 있다. 그러나 운문의 특성 중 하나인 자연발생적인 감성적 언어로 접근하면 시가 조금 쉽고 가벼운 것이 있는 반면에 우리들의 정서와 가까우므로 이해가 쉽고 친근감이 더해지는 것이다. 이종수 시인의 시를 읽다 보면 바로 그런 면에서 친근감이 있고 세련된 자연 음에 가깝게 노력했기에 훨씬 인간적인 냄새가 난다고 할 수 있다.

이 시인의 시를 읽고 있으면 고향의 어머니를 생각하고 쓴 신사임당의 시 「유대관령망친정(踰大關嶺望親庭)」이란 시가 생각난다. '늙으신 어머니를 고향에 두고/외로이 서울 길로 떠나는 이 마음/ 돌아보니 북촌은 아득하기만 한데/ 흰 구름 아래로 저녁 산은 푸르기만 하구나'라는 시이다. 율곡 이이의 어머니이기도 한 신사임당은 일찍부터 시와 서(書), 그림에 능한 예술가였다. 그는 친정에 살면서 비교적 자유롭게 자녀교육을 할 수 있었기 때문에 신사임당 자신도 남편의 외조를 받아 가진 재능을 마음껏 펼칠 수 있었다. 그가 율곡 이이의 어머니로서 결혼 후 친정인 강릉에서 생활하다가 남편이 있는 파주 파평면 율곡리를 오가는 생활을 하게 될 때 두고 온 고향과 어머니를 생각하며 쓴 시가 바로 유「유대관령망친정」이란 시인 것이다. 이 시인도 고향인 부여에 90세가 넘은 어머니가 홀로 살고 계시다. 이 시인은 당진에 살면서 어머니가 안쓰럽고 홀로 계신 것이 죄송하여 시간이 있을 때마다 어머님을 뵈러 간다고 한다. 그리고 못 갈 때는 어머니가 계신 고향 하늘을 보고 글 속에서 어머니의 얼굴과 사랑을 함께 떠올려본다. 날마다 가까이 모시지 못하는 죄스러움에 어머니를 그리워하고 감사해하고 사랑하는 마음을 시로 남기는 것이다. 그러고 보면 어머니를 그리워하고 감사해하는 마음은 옛날 사람이나 지금 사람이나 다를 바가 없다는 것을 다시 한번 깨닫게 한다.

2부의 시 대부분은 고향에 계신 어머니를 그리워하며 쓴 시이다. 어머니 곁에 자주 뵙는 덕에 늘 한 가지씩 보탬이 되는 것이 있다. 바로 어머니 곁에는 물씬한 고향의 냄새, 어머니만 가진 시어들이 보인다. 텃밭에서, 부엌에서, 누워계신 잠자리에서 그리고 밥상머리에서 어머니는 나에게 보이지 않게 한 가지씩 두 가지씩 쥐여 주신다. 그건 어려서부터 어머니에 대한 사랑을 많이 받고 자랐기 때문에 누구보다 잘 보이기 때문일까?. 그렇다. 누가 뭐라고 해도 이 시인은 시간이 될 때마다 불쑥 어머니 곁으로 달려가는 것이 아닐까? 아무런 얘기를 하지 않아도 어머니의 숨결에서 눈빛에서 그리고 그냥 어머니 곁에서 어머니가 주시는 또 하나의 사랑을 가득 담아 가지고 온다. 그게 바로 고향에 대한 시이며 어머니에 대한 시이다. 이것은 누가 억지로 하려고 해도 되는 게 아니다. 아주 어려서부터 자신도 모르게 스며든 어머니의 숨결과 사랑이 가득하므로 이 시인만이 만들 수 있는 특허라고도 할 수 있다. 적어도 부여의 외산에서는 그렇다.

① 소나기 한차례
　후줄근 지나가고 나면

　들깨 모종하시던
　어머니 등줄기에서
　모락모락 뭉게구름 피어난다.

　흙 묻은 호밋자루 툭툭
　두어 번 털고 일어나

　구름 사이로 잠깐 드러난
　작은 햇살 바라보며
　시간을 가늠해본다

　나부끼는 바람이
　한나절을 가리켰는지

　흙냄새 물씬 풍기는
　비탈진 밭둑 길을지나

　절집 풍경소리보다 아름다운
　오래된 대문 소리 안으로

바쁘게 들어서신다

—「어머니2」전문

② 앞산 너머 둥근달이
　수줍게 얼굴 내밀면
　들마루에 놓여있는
　작은 소반 위

　갓 빚은 송편 접시 위에
　은은한 달빛이 넘쳐흐른다

　울렁울렁 우물가 대야 속
　달님보다 환한 어머니 얼굴

　하얀 박꽃처럼
　온화하고 평화롭지요

—「추석」전문(全文)

③ 머위 한 줌 꺾어들고
　환하게 웃으시는 어머니

　가느다란 봄 햇살에
　살랑살랑 미소 짓는 냉이꽃

　이따금 얼굴 내밀어
　주인 행세하는 고양이

　봄 내음 한 아름 몰고 온

작은 바람이

덜커덩덜커덩 노크하는
시골집 대문 소리
          ― 「어머니의 시골집」 전문

　①의 시를 보면 앞에서 얘기한 것처럼 시골에 계신 어머니
의 하루가 보인다. 아침부터 들깨 모종을 하시던 어머니는 '구
름 사이로 잠깐 드러난/ 작은 햇살 바라보며/ 시간을 가늠해 본
다' 이른 아침부터 일을 시작한 어머니의 촉감은 시계를 차지
않았어도 해가 중천에 오르면 좀 쉬어야겠다. 감자 한 두 개,
옥수수 하나로 참을 대신할 시간이란 것을 아신다. 그리고 소
나기를 잠시 피한 뒤 다시 밭에 나가 마무리를 하고 집 안으로
들어가신다. 등줄기에선 흘러내린 땀방울이 뜨거운 햇살에 김
이 되어 뭉게구름처럼 피어나는 것이 보여 시인에겐 그 모습
이 너무 안쓰러운 것이다. ②에서는 추석 명절이 다가오니 어
머니는 외지에 나간 자식들이 올 것을 미리 알고 송편을 정성
껏 빚어 들마루 위에 있는 소반 위에 올려놓는다. 내일은 팔월
보름이다. 오늘 열나흘 달이 어머니를 대신해서 수문장이 되
어 어제부터 밤새워 어머니가 만든 송편을 비춰주며 자식들을
기다리는 것이다. 어머니는 내일 자식들이 올 거라는 기대감
으로 정성껏 만든 예쁜 송편을 줄 생각을 하니 얼굴에 마냥 미
소가 떠오른다. 달님은 그걸 놓치지 않고 비춰주고 그 모습을
상상하는 자식은 우리 어머니 얼굴이 달님보다 더 환하다고

좋아한다. 그 어머니에 그 아들, 이심전심, 어머니의 사랑이 시간과 공간을 넘어 서로 통하고 있음을 보여주는 아름다운 시이다. 그런 어머니가 ③의 시골집에 혼자 계시다. 외롭고 쓸쓸하게 사시는 모습이 참 안쓰럽다고나 할까. 그러나 잘 읽어 보면 어머니의 일상은 참 행복하다.

그리고 어머니는 참 바쁘시다. 냉이꽃은 친구처럼 몸을 흔들고 어머니를 부르고 그때 어머니의 둘도 없는 친구 고양이가 등장하고 골목에선 봄 냄새 가득 실은 바람이 대문을 밀고 들어온다. 이때 대문은 못 이기는 척 덜컹하고 소리를 내며 제자리로 돌아간다. 시골집이지만 고양이를 비롯한 냉이꽃, 머위와 바람과 햇살 그 모든 것들이 어머니의 친구가 되고 있다.

그 시골에서 객지로 나간 자식들 대신 어머니를 지켜주는 그 작은 것들이 정말 감사하다. 그래도 이번 주말에는 또 어머니를 뵈러 간다. 이렇게 2부에서는 대부분 어머니를 주제로 주인공으로 중심으로 시를 쓰고 있다. 고향과 어머니 냄새 가득한 서정적인 세계로 끌려 들어가면서 읽는 사람도 잠시 행복을 느끼게 해주는 시간이다.

아버지는 홀로
현충원에 계십니다

바람도 노랑 빨강
예쁘게 물들인 가을

우뚝 선 비석 위에
화랑무공훈장 다시고

당신의 기일 날
가족 모두 불러놓고

따사로운 가을 햇살
선물로 주십니다

가족 간에 끈끈한 정까지
듬뿍 챙겨 주십니다
　　　　　　　　　　　　　　　　－「아버지의 현충원」 전문

　아주 오래전 시인의 아버지는 6.25 참전 용사이셨다. 동족
상전의 비극이 시작된 그즈음 시인의 아버지는 나라와 민족을
지키기 위해 한국전쟁의 한복판으로 달려가 싸우셨다. 그리고
화랑무공훈장을 받으셨다. 시인은 그런 아버지가 늘 자랑스럽
고 존경스러웠다.
　시인은 국가 유공자로 현충원에 계신 아버지를 뵈러 갈 때
마다 가을 햇살에 감사해한다. 하늘로 가신 아버지는 가족들
을 위해 고운 단풍잎과 따사로운 햇살을 선물로 주신 것이다.
아버지는 하늘에 가시면서도 자식들이 햇살 따듯한 날, 단풍
고운 날을 택하셨으니 아버지의 자식 사랑은 끝이 없음을 다
시 한번 느끼게 된다고나 할까. 시인은 바로 이런 아버지의 섬
세한 배려까지도 놓치지 않고 한 편의 시 속에 아버지의 사랑
을 담고 싶었다.

2. 계절이 가져오는 또 다른 서정의 세계

이종수 시인은 사람이나 계절이 가져오는 변화에 매우 민감하다. 아주 작은 것들도 그냥 지나치지 않고 생각하고 있다가 아주 적당한 순간에 그걸 조용히 내놓는다. '정중동'의 모습이 그의 시를 한 단계 더 승화시키는 작용을 한다. 모든 시인이 다 그런 건 아니지만 시인 중에는 자기도취에 빠져 무슨 소리를 하는지 모르고 쓰는 경우가 종종 있다. 무어라 말을 하긴 했는데 도대체 무슨 소리를 했는지 왜 그 말이 여기에 나왔는지 모를 때가 있다. 물론 시론을 강의하는 학자 중에 시는 비과학적이고 비논리적이고 진실하지 못하다고 말하는 사람들이 있다. 이는 표현상 그렇다는 것이지 정말로 모든 게 그렇다는 것은 아니다. 그래도 가장 좋은 시 중의 하나는 누가 읽어도 알아듣고 알기 쉽고 이해가 되는 시어야 좋은 것이 아닐까 하는 생각이 든다. 이 시인의 시들은 주로 농촌이나 고향과 시인의 주변에서 쉽게 접하고 생각한 것들 속에서 찾는 것이기에 더 친근감이 들고 정이 간다고 할 수 있다.

① 길을 걷다가 걷다가
　바람에 떨어져
　흩날리는 꽃잎

　우두커니
　바라보고 서 있다

─ 「봄 풍경」 부분

② 추녀 끝에 매달려

봄 마중 나선
빗방울 소리에
언 마음 사르르 녹아내리고

찬바람 헤치고
살금살금 내려오는 봄비가
겨울잠에 곤한
봄나물 깨운다

                             ― 「봄비 오는 소리」 부분

③ 차가운 겨울 한파 속에
  꼭꼭 숨어 있던
  달래 냉이 씀바귀

  까칠한 봄기운에
  들키고 말았어요

  봄볕 따습던 어저께
  푸른빛 주저리주저리
  자랑을 늘어놓더니
  오늘은 싸늘한
  봄바람에
  시무룩하게 엎드려

  밭고랑 사이를
  온통 파란 봄 물결로
  심술을 부리네요

                             ― 「봄나들이」 전문

이 시인의 시들은 가만히 소리 내어 읽어 보면 그림을 그리는 듯하다. ①의 시에선 길을 걷다가 바람에 흩날리는 꽃잎을 보고 우두커니 서 있다. 꽃잎에 취해서 일 수도 있고 혼란해서 일 수도 있다. 봄꽃은 그렇게 양면성이 있다. 주변을 둘러보니 이곳저곳 봄의 색깔, 봄의 소리, 봄의 냄새들이 가득하다. 긴 겨울이 가고 봄이 온 어느 날 길을 걷다 만나는 새봄의 모습들이 그 한 마디 속에 떠오르는 것이다. ② 의 봄비 오는 소리는 더욱 사실적이다. 겨울이 가는 어느 날 비가 내리면 '야 봄비다' 하고 창문을 연다. 그 봄비는 봄나물을 깨우고 그토록 기다렸던 그리운 임도 된다. ③에선 꽃샘추위에도 아랑곳하지 않고 조금씩 싹터오더니 봄비 내리고 나서 갑자기 숨어 있던 달래, 냉이, 씀바귀가 파랗게 돋아나오다 들키고 만다. 어느새 밭고랑까지 파랗게 물들이고, 봄이 아주 빠르게 변화하는 것을 그렸다고나 할까. 빠르게 변화하는 생명에 대해 놀라움과 경외감이 함께 번져옴을 느낀다. 이 시인의 계절에 대한 인식은 매우 감각적이면서도 빠르다. ①바람에 흩날리는 꽃잎, ②살금살금 내려오는 봄비가/ 봄나물을 깨운다. ③ 봄바람에 온통 파란 물결로 등 봄이 주는 역동적 의미를 섬세하게 그리고 있다. '흩날리는. 살금살금. 파란 물결' 등이 주는 역동적인 움직임은 시 속에서 더욱 생동감이 넘치고 젊게 만드는 요소이기도 하다. 그게 바로 봄의 힘이다. 시인의 이런 다양한 표현 방법은 봄날에 느끼는 서정의 세계로 한발 더 나아가게 한다.

빼꼼히 얼굴 내민 봄 내음

저 멀리 달아날까 봐

조심조심 대문 열고 나가
혼잣말로 지껄어본다

봄이 왔구나

차가운 눈초리에도
마음속은 벌써
분홍 꽃이 피었습니다

지난밤 어슴푸레한 달빛이
아무도 없는 뜰 안에
살금살금 내려와

별빛으로 곱게 싸맨
홍매 저고리의 붉은 옷고름
살짝 풀어 놓고

설레는 가슴 달랠 길 없어
수줍게 물든 두 볼 위에
빠알간 미소로 피어납니다

― 「이른 봄날 홍매」 전문

이 시는 홍매가 핀 달밤의 묘사가 참 뛰어나다고도 할 수 있다. '차가운 눈초리에도/ 마음속은 벌써/ 분홍 꽃이 피었습니다'를 보면 아직 홍매화가 피는 찬 계절임에도 마음속에 먼저 온 분홍빛 봄이 실감 나게 그려져 있다는 것이다. 또한 '어슴푸 레한 달빛이/ 아무도 없는 뜰 안에/ 살금살금 내려와'를 통해 달빛이 홍매화에 수줍게 때로는 조심스럽게 다가가는 모습을 그렸고 '달빛으로 곱게 싸맨/ 홍매 저고리의 붉은 옷고름/ 살짝 풀어 놓고'에서는 이 시의 절정을 이루는 듯 숨 막히는 정경을 노래하고 있다. 이는 이 시인의 섬세한 관찰과 표현법이 아주 높은 경지에 이른 듯하여 언뜻 서정주의 「국화 옆에서」처럼 아주 섬세하면서도 고급스러운 표현을 했다는 것에 아낌없는 박수를 보내고 싶다. 시는 뭐니 뭐니 해도 읽는 사람들에게 동 질감을 느끼도록 하는 것이 좋은 시인바, 이 시인의 이른 봄날 홍매는 많은 사람에게 충분한 사랑을 받을 가치가 있다고 생 각한다. 이번 시집 속에 나온 많은 시들 중에서 「이른 봄날 홍 매」 시가 가장 아름다운 시 중의 하나가 될 듯싶다. 이는 평소 이 시인이 모든 시적 대상을 귀히 여기고 자세히 들여다봤기 때문이고 그동안 시를 쓰는데 온 힘을 기울인다는 것이 몸에 배어 더욱 좋은 시를 만들어 낼 수 있는 것이다.

① 가지마다 그리움
　다닥다닥 매달아 놓았습니다

　하늘 향해 웃음꽃 피우며
　하얗게 뜰 안을 비추는
　그대 고운 얼굴
　볼수록 예쁘고 아름답습니다

단아하고 고귀한
하얀 그대와
달콤한 별빛 사랑에
흠뻑 빠져들고 싶습니다

― 「목련꽃」 부분

② 박새 한 마리 날아와
신기한 듯 갸웃거린다

살랑살랑 흔들리는
대문 옆 금낭화

풀어져 찰랑대는 옷고름
바르게 고쳐 매고

파란 양탄자 깔린
따사로운 오뉴월에

멋진 신랑 만나
얼른 시집가고 싶은가보다

― 「금낭화」 전문

③ 나 어릴 때
할머니가 저렇게나
곱고 예쁘게 웃으셨다

뻐꾸기 봄 노래 부르고
봄바람 살랑살랑 불던 날

양지 녘 무덤가에 할미꽃
빨간 립스틱 짙게 바르고
수줍게 웃고 있다

나 어릴 때
할머니가 저렇게나
아름답고 예쁘게 웃으셨다

—「할미꽃」부분

　시인의 고향에는 유달리 여러 가지 꽃이 많이 피고 지는가 보다. 또한, 시인은 꽃으로부터 많은 영감을 받고 시를 씀으로써 고향에 대한 그리움을 한 편의 시 속에 차곡차곡 담아 두려고 노력한다. 고향에 갈 때마다 어머니를 뵈려고 대문을 열고 들어갈 때마다 집 근처에 피는 꽃들이 먼저 그의 가슴에 들어앉아 인사를 한다. 그게 그를 다시 한 편의 시를 쓰게 하는 원동력이 되는 것이다. 시인의 고향, 시인의 생가는 시를 만들어 낼 수 있는 거리가 참 많기에 시적 감수성이 예민한 시인의 눈에는 고향에 갈 때마다 보이는 그 모든 것들이 시인이 쓰려고 하는 이야기 속에 잠재하고 있다는 것을 방증하게 되는 것이다.
　①에서 목련은 시인에게 그리움이고 오랜만에 걷고 싶고 이야기를 나누고 싶고 깊은 밤을 함께 하고 싶은 존재로 다가온다. 이는 오랜만에 만나는 어머니일 수도 있고 사랑하는 사람일 수도 있지만, 여기에선 늘 그 집을 지키고 있는 목련꽃을 닮은 어머니일 것이다. ②'풀어져 찰랑대는 옷고름/ 바르게 고쳐매고'를 보면 금낭화가 초롱을 밝힌 듯 총총히 피어 있는데 시

인은 옷고름을 풀어헤친 듯이라 표현했다. 금낭화가 살짝 굽어 총총히 피어 있는 모습이 옷고름을 매어 살짝 굽혀 놓은 듯한 모습과 너무나 흡사해서 시인의 섬세한 관찰이 참 좋은 시를 쓰는데 큰 몫을 한다는 것을 다시 한번 느낄 수 있었다. '멋진 신랑 만나/ 얼른 시집가고 싶은가보다' 금낭화가 예쁘게 핀 모습과 금낭화가 두 가지로 총총히 매달린 것은 옷고름 두 개를 묶어 내린 것과 비슷해서 아무래도 저렇게 정갈하게 예쁘게 곱게 아름답게 차려입은 모습은 멋진 신랑 만나 시집가고 싶어서일 거라고 시인은 금낭화에 말한다. 시인의 젊은 시절 멋있게 차려입었던 자신의 모습을 반추해보면 집 근처의 금낭화 한 그루 속에도 자신의 젊었던 시절이 숨어 있다는 것을 표출시키고 있다. ③의 할미꽃은 꽃을 통해 할머니를 불러온다. 나 어릴 때/ 할머니가 저렇게나/ 곱고 예쁘게 웃으셨다' 그렇다. 할머니는 그렇게 나를 보고, 귀여운 손주를 보고, 아니면 내 동생을 보고, 우리를 보고 그냥 좋아서 웃으신 것이다. '양지 녘 무덤가에 할미꽃/ 빨간 립스틱 짙게 바르고/ 수줍게 웃고 있다'이 구절을 보고 내가 어렸을 때 뚜렷이 하나 기억하는 것이 있다. 바로 할머니도 입가에 빨간 립스틱을 바르신 거다. 립스틱은 젊은이들 것만이 아니다. 할머니도 멋을 아시기에 꼭 꼭 빨간색 립스틱을 바르신다. 그리고 꼭 거울을 보고 이쁜지 안 이쁜지를 확인한다. 할머니는 자신의 얼굴을 보는 것이 아니라 립스틱 바른 붉은 입술을 보려고 하는 것이다. 그 붉은 입술이 중심이기 때문이다. 붉은 입술이 잘 그려진 날은 어린아이처럼 기뻐하신 것이다. 오늘 봄바람에 하늘하늘 춤추는 할미꽃을 보면서 속에 숨겨진 할머니를 다시 불러내는 이 시인의 유년 추억이 마냥 아름답기만 하다. 그렇다. 바로 이것이 시인이 가져올 수 있는 최대의 무기 중의 하나라고 할 수 있다.

3. 휴머니즘과 고향 사랑의 길목에서

　부여가 고향인 이종수 시인은 고향에 대한 남다른 애정을 품고 있다. 물론 어머니가 그곳에 살고 계시기 때문이기도 하지만 그가 태어나고 자란 고향이기 때문에 누구보다도 더 많은 사랑과 연민을 느끼고 있다. 다른 곳도 마찬가지겠지만 부여는 특히 시를 쓸 수 있는 거리가 많은 고장이다. 한 발자국 옮길 때마다 그곳이 가진 여러 가지 역사적 의미와 풍광까지. 그래서 부여를 찾는 사람들은 물론 부여의 예술인들이 부여를 사랑하고 아끼는 많은 글과 예술 작품들을 생산해 내고 있다. 이 시인도 마찬가지로 여러 편의 부여사랑 작품들을 볼 수 있다.

　　어둠을 헤치고
　　울려 퍼지는
　　고란사 종소리의
　　절절한 맥 놀이에

　　절벽 끝에 매달린
　　비에 젖은
　　진달래 붉은 꽃잎

　　애처로운 삼천궁녀

영혼이 되어
나풀나풀 강물 위로
뛰어내린다
부소산을 끼고 도는
외로운 백마강
파르르 몸을 떨며
소리 없이 흘러간다

―「고란사 종소리」 전문

　금강 강변 부소산 밑자락에 자리하고 있는 고란사 부여를 찾는 사람들에겐 필수코스라고도 할 수 있다. 구드레에서 황포돛배를 타고 금강 줄기를 따라 공주 쪽으로 오르다 보면 그 유명한 낙화암은 물론 고란사가 나온다. 바로 그 고란사 역시 이 시인이 사랑하는 부여 명소 중의 하나이기에 이 시인이 여기를 그냥 지나칠 리가 없다.

　시인이 찾은 시기는 봄인 듯싶다.

① 아무도 찾지 않는 곳에
　　홀로 꽃피어 있어도
　　외롭지 않은 이유는
　　이곳이 내가 제일 사랑하는
　　고향 땅이기 때문입니다

　　예쁜 꽃으로 물들인 산과 들
　　마음껏 자랑하는 이유는
　　이곳이 내가 나고 자란
　　꿈에서도 잊지 못할

고향 땅이기 때문입니다

ㅡ「고향 땅에서」 부분

② 붉은 노을을 가리고
　천천히 지나가는
　쓸쓸한 구름 조각 사이로
　서풍이 막 불어오면

　감나무에 매달렸던
　족두리 모자가
　바람 등쌀에
　우수수 떨어져 내린다

　초여름 짧은 밤이 얄미워
　서둘러 떠나가는 초승달이
　다랑논 벼 포기 사이에
　어둠을 서서히 풀어놓으면

　검은 밤 속으로 가라앉는
　반짝이는 밤하늘을
　일제히 달려 나온 개구리들이
　합창으로 떠 받힌다

ㅡ「내 고향 6월 풍경」 부분

③ 파란 하늘가 흰 구름
　뭉게뭉게 피어오르고

　화려했던 붉은 청춘

사랑 열매로 달아놓았다

더위를 안고 떠나야 할
목쉰 매미 소리 처량한데

가을 풀벌레 소리
또르르 또르르 굴러서 온다

— 「가을이 오는 소리」 전문

　① ② ③의 고향을 주제로 한 시를 보면 그가 살았던 고향 마을의 분위기를 한눈에 알 수 있을 것 같다. ①에서는 이미 마을은 상당수의 사람이 어딘가로 떠나갔기에 많지 않은 사람들이 살고 있다. 그렇더라도 시인은 절대 외롭지 않다는 것을 강조한다. 그건 내가 사랑하는 고향이고 잊지 못할 곳이기 때문이라는 것이다. ②에선 6월이 되면 감꽃이 핀다. 그때 서풍에 약한 감꽃이 우수수 떨어지는데 어릴 적에는 그 감꽃을 모아 친구에게 목걸이를 해준 기억이 새롭다. 또한, 마침 모내기를 한 후인지라 그 벼 포기 사이 어둠이 내리고 달빛이 비치면 논에 있던 개구리들이 일제히 노래를 부르면서 밤하늘을 떠받치기에 그 밤하늘에 비치는 아름다운 은하수와 별들을 볼 수 있으니 이 또한 아름다운 정경의 하나이기에 어찌 고향을 그리워하고 사랑하지 않을 수 있으랴. 이는 그 청정지역과도 같은 그런 고향에서 살아 본 사람만이 느낄 수 있는 아름다운 서정의 세계가 아닐까 한다.
　③의 가을이 오는 소리를 보면 그런 아름다운 고향에도 게

절은 어김없이 돌아오고 변한다는 것을 기정사실로 하고 넘어
간다. 그 뜨거운 여름이 지나고 가을이 오면서 커다란 미루나
무 둥걸에 붙어 울던 매미가 마지막 인사를 하며 소리를 내던
날 계절에 민감한 귀뚜라미를 비롯한 가을 풀벌레들이 이를
놓칠세라 길섶에서 흙마루에서 가을을 알리는 울음소리를 내
고 있다. 시인은 이 순간을 매미의 목쉰 소리와 풀벌레들의 또
르르 도르르 소리로 대비시키면서 계절이 변화하는 것을 실감
나게 표현하고 있다. 매미는 여름 내내 울었기에 목이 쉬었을
거고 풀벌레는 그사이를 못 참고 성급하게 나와 막 노래를 시
작했으니 소리가 싱싱해서 풀잎에, 나뭇잎에 또르르 도르르
구르는 것일 것이다. 이는 시인이 가진 섬세함이 작은 생물들
의 울음소리까지 그렸기에 내 고향 마을의 변화를 생생하게
그리는 듯하다. 그러나 이런 색칠 위주의 시들을 반복해서 읽
다 보면 그 이면에 숨어 있는 시의 깊이도 알음알음 알아 가는
맛이 느껴질 것이다.

하늘 향해 두 팔 벌리고
목놓아 울고 싶지만
마음속 깊이 감추고 살았다
화려한 백제의 역사
버리지 못해
그 많은 눈비 다 맞으며

내 여기서
무릎 꿇고 눈감은 채

천년을 버티고 살았다

나 당 연합 소정방이
백제를 함락한 후
탑신 초 층에

평제기공문(平濟紀功文) 이라는
깊게 새겨 넣은 문신
내 잘못도 아니런만

무거운 돌 삿갓으로
층층이 가리고
오늘도 아픈 역사 전하고 있다

－「정림사지 5층 석탑」 전문

　　정림사지 5층 석탑은 백제인의 아픈 마음을 가장 잘 나타낸 시 중의 하나라고 볼 수 있다. 그가 첫 연부터 '하늘 향해 두 팔 벌리고/ 목 놓아 울고 싶지만/ 마음속 깊이 감추고 살았다'라고 첫 연부터 절규하는 이 시는 그만큼 백제사람들에게는 어찌할 수 없을 정도로 아프고 또 아픈 역사를 안고 있기에 <정림사지 5층 석탑>을 바라보는 백제인들의 마음은 아프지 않을 수밖에 없는 것이다. '나 당 연합 소정방이/ 백제를 함락한 후/ 탑신 초 층에 /평제기공문(平濟紀功文)이라는/ 깊게 새겨 넣은 문신/ 내 잘못도 아니런만' 시인의 말대로 이 탑신 위엔 불명예스럽게 平濟紀功文(평제기공문) 이란 글이 새겨져 있으니 백제의 후손으로서 어찌 마음이 아프지 않겠는가. 이 시는 정림사지 5층 석탑이 안고 있는 역사적 사실과 시인의 서정적 감각이 합쳐져 한 편의 시로 승화되어 읽는 이의 마음도 아프게 만든다. 돌 삿갓으로 층층이 가린 역사적 진실이 후손들의 잘못은 아닐 진데 이를 바라보는 시인의 마음도 그래서 더 많이 아프다.

이 밖에도 이 시인이 쓴 천년고찰 무량사는 부여군 외산면 만수산자락에 자리 잡고 있다. 이 무량사는 우리나라 소조 불상 중에 가장 큰 아미타 불상을 모시고 있다고 한다. 필자가 1971년 나태주, 윤석산 동인들과 시동인지 새 여울을 창간하고 새 여울 동인들과 함께 1박 2일 동안 시 공부를 한 곳이 이 무량사이다. 이 무량사는 백제식 5층 석탑이 그대로 있고 무량사 도량 넓은 터에 정갈하면서도 평화로운 기운이 넘치는 명찰이다. 이 시에 대한 언급은 지면상 다음 기회로 넘어가고자 한다.

시를 쓰기 위해서는 철저히 외로운 것이 도움이 된다고 생각한다. 시는 인간에게 필요한 것인데 사는 게 바빠서 차일피일 미루는 경우가 많다. 그러나 인간은 절망과 공포, 권태와 무미건조함으로부터 탈출하려는 갈망이 있으므로 좀 더 나은 자기 세계를 구축하려 한다. 그 세계의 하나가 시의 세계이고 이것은 현대를 살아가는 사람들에게 매우 필요한 것일 수도 있다. 주머니 기쁨을 쓴 이 시인도 그런 이유로 열심히 시를 썼을 것이다. 시가 갖는 시대적 요구의 하나인 그 시대의 구심적 역할을 잘하기 위해서는 시가 가진 토양과 기후를 잘 파악해서 창조적 작품을 만들어 내야 할 것이다. 시는 문화의 안테나와

척도로 인류의 사상과 정서 그리고 문명의 변화를 수용하고 이 변화의 흐름 속에서 시대적인 정서를 표출시키는 것이라고 말할 수 있다.

시는 단순히 어떤 순간만을 나타내려고 하는 현실 세계의 일부도 아니며 그의 복사도 아닌 자신의 자율적 실체임에 시가 가진 자체의 미적 구조를 추구하는 것이다. 따라서 시는 완벽한 이데아(Idea)를 목적으로 하는 예술임을 알아야 한다.

지금까지 고향을 모태로 쓴 이 시인의 시를 함께 생각해봤다. 이 시인이 가지고 있는 고향에 대한 애착심, 어머니에 대한 사랑과 휴머니즘 그리고 유년 시절부터 몸에 배어 있는 고향 사랑의 마음이 시편마다 녹아있어 읽는 이의 마음을 따뜻하게 해준다. 그리하여 다음 시집부터는 고향 사랑이 가득한 이 시집을 매개로 좀 더 다양한 주제와 다양한 시각으로 단단한 자기 세계를 구축한 시편들이 독자들의 곁으로 다가오기를 기대한다.

주머니 기쁨

초판 1쇄 인쇄일	ㅣ 2024년 10월 18일
초판 1쇄 발행일	ㅣ 2024년 10월 25일

지은이	ㅣ 이종수
발행처	ㅣ (재)당신문화재단
	충청남도 당진시 무수동 2길 25-2
	Tel 041-350-2911 Fax 041.352.6896
	https://www.dangjinart.kr/

펴낸이	ㅣ 한선희
편집/디자인	ㅣ 정구형 이보은 박재원
마케팅	ㅣ 정찬용 정진이
영업관리	ㅣ 한선희 이민영 한상지
책임편집	ㅣ 이보은
인쇄처	ㅣ 으뜸사
펴낸곳	ㅣ 국학자료원 새미 (주)
	등록일 2005 03 15 제25100 · 2005 · 000008호
	경기도 고양시 덕양구 권율대로 656 원흥동 클래시아 더 퍼스트 1519,1520호
	Tel 02)442 · 4623 Fax 02)6499 · 3082
	www.kookhak.co.kr
	kookhak2010@hanmail.net
ISBN	ㅣ 979-11-6797-198-2 *03810
가격	ㅣ 12,000원